海的海

隐金

赖声川［著］

中信出版集团 | 北京

图书在版编目（CIP）数据

隐藏的宝藏 / 赖声川著 . -- 北京 : 中信出版社，
2020.10
ISBN 978-7-5217-2078-5

Ⅰ . ①隐… Ⅱ . ①赖… Ⅲ . ①话剧剧本—中国—当代
Ⅳ . ① I234

中国版本图书馆 CIP 数据核字（2020）第 137624 号

隐藏的宝藏

著　　者：赖声川
出版发行：中信出版集团股份有限公司
（北京市朝阳区惠新东街甲 4 号富盛大厦 2 座　邮编　100029）
承 印 者：河北鹏润印刷有限公司

开　　本：787mm × 1092mm　1/32　　印　　张：3.5　　字　　数：45 千字
版　　次：2020 年 10 月第 1 版　　印　　次：2020 年 10 月第 1 次印刷
书　　号：ISBN 978-7-5217-2078-5
定　　价：39.80 元

赖声川的戏剧创作

赖声川编剧、导演

2018

– 人物 –

舞台监督（舞监）　女

教　　授　女

导　　演　男

男 演 员

女 演 员

开 发 商　男

馆　　长　男

打扫阿姨

青　　斑　一位二十世纪四十年代的话剧演员，女

学　　者（声音）

主 持 人（声音）

观　　众（声音）

戏中戏《一坛金》

优克利欧　吝啬老头（男，由导演扮演）

斯黛芙拉　优克利欧家的女佣（女，由女演员扮演）

麦格多拉斯　优克利欧的邻居，一位老光棍（男，由男演员扮演）

派所迪克斯　麦格多拉斯的管家（男，由导演扮演）

赖康耐狄斯　一个年轻人，麦格多拉斯的外甥（男，由男演员扮演）

斯特罗比鲁斯　赖康耐狄斯的奴隶（男，由女演员扮演）

康格里奥　麦格多拉斯的厨师（男，由男演员扮演）

菲特里雅　优克利欧的女儿（女，声音，由女演员扮演）

女舞者、“羊”　（由女演员扮演）

– 时间 | 地点 –

一个上海老剧场的舞台及后台，今日。

戏中戏：古代雅典。

第一场

灯光渐亮。一个老旧的上海剧场镜框舞台[1]，左右两边放着“龙马建设公司”及“罗马假日”等广告海报。镜框上方有一条红色横幅，上面写着“热烈庆祝古罗马剧场国际研讨会暨《一坛金》演出成功”字样。

尴尬的停顿。

教　授　（话筒里的声音）怎么开？

舞　监　（话筒里的声音）不要开，不要开。

教　授　（话筒里的声音）可是我要说话。

舞　监　（话筒里的声音）不要！我来处理就好了！我……等一下！已经开了！

教　授　（话筒里的声音）什么？

舞　监　（话筒里的声音）你已经把它打开了！拿过来！……

抢麦克风的声音。

教　授　（话筒里的声音）不行！我……给我！（对观众）各位亲爱的观众朋友，我们的演出出了一点问题……

舞　监　（话筒里的声音）不是，我们没有问题！没有……

舞监声音被切掉。尴尬的停顿。导演上台。

导　演　（对观众）大家好，我是《一坛金》这部戏的导演。今天，在这个老旧的剧场里面，我们的技术出了一点问题。我们需要一点……

舞　监　（后台声音，对开发商）欸欸干什么……

开发商上场，拿着话筒。

开发商　（对导演）你可以下去了！

导　演　啊？

开发商把导演赶下去。

开发商　各位领导，各位学者专家，下午好！由龙马建设公司赞助的“古罗马剧场国际研讨会”已经迈入高潮！让我们趁这个难得的机会，在馆方做一些技术修整的同时，向各位朋友介绍一下本公司最新的产品“罗马假日”楼盘！

导演上，试图把开发商拉下，开发商抵挡。

好了，是不是？

导　演　没有，但是……

开发商　那你就下去吧！（对观众）让我们先欢迎龙马建设公司吉祥物小龙小马！

音乐大作，吉祥物小马上台，带着一个抽奖箱。

我们现在来抽奖！来！小龙小马……欸小龙呢？

导　演　包总，这就是我要跟您说的，阿强不愿意演吉祥物。

开发商　什么？谁？我管他谁演？你现在给我上一个小龙就对了！

导　演　这……

男演员突然冲上，穿着古罗马装。

男演员 （对观众）剧场已死！舞台已亡！

舞监上场，把男演员拖下，顺便把导演拖下。导演先下。

舞　监 好了，阿强，先别闹！解决问题！

男演员 谁是阿强？我已经进入角色了！我是古罗马市民麦格多拉斯……

开发商 年轻人，不要这么激动！看清楚你这个演出的金主是谁！

吉祥物小龙上，是导演扮演的。

喔！我们漂亮的小龙乖乖地上场了！好！我们现在来抽出幸运观众……

男演员 恶心！

开发商 我们今天幸运的观众可以得到本公司最新产品“罗马假日”楼盘第一期精装三房（停顿）的优先抽签权！……

龙马公司主题曲起。

灯光渐暗，开发商热闹的声音持续。

第二场

灯光亮起。剧场的侧台，从右侧台横越舞台的视点。最远处是左舞台的墙壁，台口在左舞台，意思是剧场的右侧台“第四面墙”被拆掉了。

台上三片古罗马喜剧景片对着左舞台，舞监忙碌但镇定地处理事情。在靠近观众的位置前景中许多杂物堆积着，一些不搭调的道具好像是不同剧组留下的，棺材、鸟笼、京剧桌、街灯等。

王教授，一位年轻的博士，紧张地站在戏中戏大幕附近。男演员正在运气做暖身准备。

舞　监　大幕到底什么情况？……确定升不了？……那……稍等一下……（对教授）王教授，大幕确定升不起来。

教　授　怎么可能？

舞　监　教授，这是个很老的剧场。

教　授　那怎么办？

导演、女演员回后台，导演脱下龙装。

导　演　（对舞监）其实我们照样到大幕前面演，只是看不到布景而已。

教　授　那怎么行？

男演员　大幕升不了？那我不演了！专业演员是有尊严的！

女演员　哦，这么说，我们就没有尊严？

男演员　尊严在自己心里！

女演员 我要跟你分手!

导　演 好了好了，先演完再分手，好不好?

舞　监 (对女演员、导演)去换装。

女演员、导演下。

导　演 阿强，放松一点!

男演员 你是谁?我不认识你这个向金钱低头的假文青!

舞　监 (对耳机)他说完了是不是?那音效 Q15 走。

台上音乐大作。开发商回。

开发商 好!好!外面气氛炒热了!啊呀王教授!恭喜恭喜!今天一定大获成功。

舞　监 (对耳机)灯光 Q8 走。

开发商 她要请我走?

教　授 她要灯光走，她是舞台监督，在控制所有的灯光。

开发商 是是!这里是后台!太酷了!

教　授 感谢包总裁您的慷慨赞助。

开发商 那是一定要的!您挖出了宝藏，还要在学术会议中做两场示范演出，真是创举!我抢都要抢着赞助!

教　授 可是现在大幕升不了。

开发商 大幕升不了?

导演换好装回。

男演员 大幕升不了不是问题，真的问题是本来应该十个人演这部戏，现在就缩水成我们三个！（对导演）而且老尹，真想不到你的戏还能允许植入，你不是要做大电影导演吗？怎么这么一点骨气？

女演员换好斯黛芙拉的服装回。

开发商 （对男演员）小弟，从古到今都是赏钱的听戏，拿钱的卖艺！你今天卖什么，好好卖吧！

女演员 （对男演员）“尊严在自己心里”！

男演员 我要跟你分手！

开发商 来，我们先来合影！

开发商拉开自拍杆，与演员合照。

舞　监 梅干，请你把抽奖箱放回那什么东西旁边。

女演员 那不是什么东西，那是德古拉的棺材。《盗墓盗到吸血鬼》你没看过？

教　授 你怎么知道？

女演员 我演的。整个第二幕我都躺在里面。你应该试试看，你的人生会改变！

教　授 上一档的道具怎么没有撤掉？

女演员 那家演出公司倒闭了。

女演员把抽奖箱归位。

舞　监 （对耳机）什么？可以了？太好了！

教　授 什么？

舞　监　大幕 OK 了！

教　授　太好了！

舞　监　那就来吧。（对大家）《一坛金》所有演员请 stand by[2]。（对耳机）前台注意，我要开始了。

舞监按铃，钟声响起。

（对耳机）什么……谁还没有到……我们要等他，是吗？

教　授　谁？

舞　监　你老公。

教　授　他要来？

舞　监　（对教授）马上到。

教　授　他最好给我出现，这是他最后一次机会。

导　演　什么？

舞　监　（对耳机）他还要上台致辞，是不是……收到……

教　授　（对自己）好意思！

舞　监　（对耳机）那我们加一个灯光 Q10.5，就是重复 Q10……然后……什么？不来了？收到。

教授、开发商　不来了？

教　授　随便！

开发商　毁了！就是等着这一下跟他碰面……

教　授　什么？

开发商　我说回……回头再找他喝茶！

打扫的阿姨上，一边扫地。

舞　监　（对耳机）场灯到一半。（对演员）请就位。（对阿姨）阿姨，现在不要扫好不好？

阿　姨　可是剧场要拆了，我得打扫干净。

导　演　剧场要拆了，所以才不需要打扫干净。

阿　姨　年轻人，你这个态度有问题。

舞　监　（对耳机，也是对自己）喷烟 Q3 stand by，喷烟 Q3 go！

开发商　她在跟谁说话？

导　演　她自己。人手不够，她自己放烟。

舞监操作喷烟器，喷烟雾。

舞　监　（对耳机）先跳过 11.2，灯光 Q30 准备，观众席灯拿掉。好。准备开大幕。（转头对导演和教授）祷告吧。（对耳机）大幕请走……怎么样？走不了？（对导演）大幕确定升不了，演员是不是到大幕前面去演？

导　演　啊？这……

舞　监　赶快决定，取消演出，或者大幕前演，我灯光帮你临时做几个 cue[3]。

导　演　演！大幕前演！不然怎么拿钱？

男演员　可耻！我……

导　演　你要不要拿钱？

男演员　为了众人的利益，我勉强低头。

教　授　可是……

舞　监　就这样吧，总比不演好。

教　授　那……怎么会这样……?!

舞　监　（对耳机）灯光你先别着急，我们大幕现在开不了，我们直接跳到 Q33.2，等它打出来之后你就……（突然激动）听我说 !!! 直接跳过懂不懂？冷静！不要激动 !!……

舞监猛力抓工作桌上的 Hello Kitty 娃娃，然后平静。

（平静）我们准备来。音效……等一下……大幕又可以了？

教　授　吊杆系统好啦？

教授研究舞监工作桌上的 Hello Kitty 娃娃。她用手抓。

舞　监　没，还是升不了，但可以对开了。

教　授　对开？

舞　监　教授请不要碰舞监桌上的东西，那都是重要的专业工具。所有演员就位。

教授还不放下 Hello Kitty 娃娃，舞监突然抓狂。

（大声）跟你说不许碰！

教授立即放回去。

这是剧场的规矩，懂不懂 ?!

教　授　对不起！

舞　监　这是专业常识，懂不懂？（对耳机）音效 Q13.1 请准备。音效，走。

男演员 （对教授）大业余！

教授有些受挫。外面音乐变化。

舞　监 好的，大幕请走。

演员又赶忙回到原来的位置。大幕对开。

（对耳机）灯光 Q31 请走。

舞监去三片景片后面调整位置，分别是优家、小庙、麦家。导演去景片后面候场。

第三场

灯光从左舞台进，布满全台。观众掌声，希腊笛声。

普劳图斯的《一坛金》第一场，优克利欧（导演饰）出现在他家门口，正在把老管家斯黛芙拉（女演员饰）推到街上。

优克利欧（优） 你这贼眉鼠眼的死婆子，滚出去！

斯黛芙拉（斯） 我惹了你什么？

男演员下。

斯 为什么要把我赶出门？

优 （对自己）这个老婆子是不是已经知道我发现了一大坛金埋在炉灶下面？浑蛋！我赶快进去看看！

优克利欧回到房子里。

斯 主人不知道怎么了，现在一天要把我赶出去十次！而他可怜的女儿马上要生了！怎么办 ?!

优克利欧回来，满足的表情。

优 舒服了。（对斯黛芙拉）好了，赶快进去，好好看家。

斯 看什么家？小偷来偷什么？除了蜘蛛网，什么都没有。

优 毒嘴婆，念都把我念穷了！进去！

斯 我去！

斯黛芙拉进去。女演员去换装，优克利欧一人在台上。

教授站到一边，有些难过。开发商走到她旁边安慰，手放她肩膀上。

舞　监　音效 Q31.1 走。

换好麦格多拉斯装的男演员上。

开发商　你老公今天不来真是太可惜了。

教　授　不要提他！

开发商　好好……听说他要下海当银行老总？

教　授　关我屁事！关你屁事！

《一坛金》第二场，隔壁家的主人麦格多拉斯从他家出，他是一位和气的老先生。他缓慢走到台中间。

开发商　这么慢？

教　授　表示他是有钱的老人。邻居是个穷光蛋小气鬼，但最近发现家里藏着一大坛金。

开发商　他运气怎么那么好？（看台上）会不会走得太慢？

舞　监　他是受铃木训练[4]的。

开发商　啊？

舞　监　没事。

舞监将充好的充气娃娃拖进来。

教　授　欸？这是什么？

舞　监　你戏中的财神啊。

教　授　你们在淘宝上买的？!

舞　监　物流刚刚才送到。

教　授　我要的是个大土地公！这样才能从学术上作为中国跟古罗

马民间习俗的对比。

女演员换好羊装，回。

女演员 没关系，意思差不多。

教　授 什么差不多？神明是可以随便指鹿为马吗？这个时代年轻人五谷不分、神明不认，罗马帝国沦为游戏里的国度！

女演员 差不多。教授您放轻松，可以坐那个上面——德古拉的棺材。

教　授 没事，我没事。

女演员 其实你可以躺进去。起先会觉得很恐怖，然后恐惧就会化解，你会觉得平时争争吵吵斤斤计较都没什么意思，你反而愿意去拥抱那宁静。欸，那边还有一副手铐。

教　授 啊？

麦格多拉斯看到优克利欧。

麦格多拉斯（麦） 啊，优克利欧，愿诸神祝福你！

优 （对观众）怎么今天这么客气？

麦 我们邻居那么久了，我现在提出一件对我们双方都有利的事。

优 （对自己）小心！他一定是知道了！

教授走开，到舞台另一边看戏。

舞　监 欸你怎么穿这一套？

女演员 羊啊。

舞　监　羊之前还有舞者和斯黛芙拉！

麦　　我想娶你们家姑娘为妻。

女演员　那到底是哪个先？

优　　你这……开玩笑吧？这么取笑一个无辜的穷人！

舞　监　看剧本啊。你快点！马上上场了！

女演员冲下。优克利欧松了一口气。

麦　　一点取笑的意思也没有！你女儿……

优　　我可没有一分钱给她做嫁妆哦。

麦　　半分都不用，美德和好名声就足够做嫁妆了。

优　　不要以为我在哪里还藏了一笔财产。

麦　　怎么可能！

两人握手。

那有没有理由不今天就把婚礼办了？

优　　你这么急？

麦　　时间不等人啊！那就今天办！岳父大人，我去做准备，先失陪了。

麦格多拉斯下。

优　　上当了！他结婚就是为了我那一坛金！

优克利欧走到门口喊女佣。

长舌妇，你是不是跟邻居说我家里藏了钱？斯黛芙拉！

舞　监　上。

斯黛芙拉上台。开发商上。

优 把所有锅碗瓢盆洗干净，今天我要把女儿嫁给麦格多拉斯。

斯 可是……但是……她……太匆忙了吧？

优 闭嘴，等我从菜市场回来，你要把所有东西都准备好！

优克利欧下。

斯 完了！小姐怎么办?!纸包不住火，我们家小姐已经怀了身孕！这个秘密我已经藏了八个月！就要生了！怎么办？诸神！赶快帮我想想办法！

女演员回后台，直接在侧台脱掉斯黛芙拉外衣，换舞者装。
男演员换好了康格里奥装，在旁边看女演员。

舞　监 舞蹈准备。（对耳机）音效 Q23，请走。

女演员 不许偷看！

男演员 这不叫偷看。我正大光明地看怎么省预算！

女演员 我要跟你分手！

舞　监 阿强，梅干，上。

男演员、女演员上台。男演员吹笛子，女演员跳舞。
馆长上。他是一位中年人，非常有朝气，带来正能量。

馆　长 哎哎。

舞　监 （对馆长）馆长，你来得正好。你们大幕又升不了。

馆　长 你要哄它一下啊。

舞　监 什么？

馆　长　这个剧场里有的东西是要哄的，老嘛！而且，你们这一档完了之后就要拆掉了！教授呢？

舞　监　不知道。灯光走。

导　演　馆长，你不能因为剧场老就不管维修了。等一下还有很多吊杆动作。

馆　长　你就对它好一点！它就会对你好！

女演员回。

导　演　这什么烂……

馆　长　不要骂它喔！

女演员　红色大幕好漂亮！

馆　长　对！

女演员　吊杆的钢铁好结实！

馆　长　就是这样！它们跟我们一样，工作辛苦，需要鼓励。

舞　监　你怎么下来了？

女演员　看他没有我能撑多久！

女演员回台上，继续舞蹈。

导　演　原来你的破剧场是靠这样维修的？

馆　长　（突然对空气）臭婊子！你今天不吐出来，房子一样拆！

导　演　啊？

馆　长　没事，自言自语。（大声）自言自语！不要以为有人喜欢跟你说话！

舞　监　（对馆长）还有，馆长，你侧台怎么摆这么多东西？你要我们道具放哪儿？

馆　长　多包涵多包涵，过两天剧场就要拆了，我们理了很多杂物准备丢，然后这些很珍贵的东西没地方放。

舞　监　这些破烂的东西叫珍贵？

馆　长　（一边翻）你别小看，你现在用的这张桌子，就是梅兰芳先生使用过的！那张椅子是巴金先生坐过。你看（指衣架上的旗袍）……这是青斑穿过的旗袍。

舞　监　青斑？

馆　长　你们没听过青斑也情有可原。她是民国时代上海一个名不见经传的话剧演员，几乎被历史遗忘了。

舞　监　那馆长你是怎么知道她的？

馆　长　不瞒你说，我一直在搜集资料，研究青斑不为人知的生命。这样说可能不太谦虚，但我可能真的是唯一一个真正在研究她、十几年来唯一在乎她的人了。

舞　监　啊？

开发商　哦，你是说胡蝶。

馆　长　不不不，青斑。胡蝶是电影明星。

开发商　对啊，跟那个那个……张曼玉同一个时代。

馆　长　嗐，所以我说，人不知道历史，真是……

开发商起身，走到台口看戏。

教授回到舞台这边来。

教　授　谁不知道历史？

馆　长　啊呀王教授！就是来看您的！一切都好？

教授突然靠在馆长肩上。

教　授　我需要爱情……

导演换好装，上，看了一眼二人。

导　演　啊？

教　授　我需要安静。

馆　长　恭喜！恭喜！我去看戏！晚一点过来！

馆长从幕旁边下。音乐舞蹈结束，台上传来鼓掌欢呼声。

舞　监　欸馆长……灯光 Q36 请走。厨师、管家、舞者上。

《一坛金》第三场，管家（派所迪克斯，导演饰）上。

派所迪克斯（派）　你们听好，我主人今天要结婚，你们帮忙把他在市场买的这一切带进去。

女舞者　娶谁？

派　邻居的女儿。

女舞者　婚礼怎么是新郎在办？老头子……？

派　哈！石头能挤出东西来吗？真是穷光蛋！

康格里奥（康）　怎么个穷法？

教授躺进棺材，盖上盖子。舞监拿出一套羊的服装，摆在地上。

派　他睡觉时还要在自己嘴上贴一块布。

康　干吗？

派　免得跑气。

康　那另外一边是不是也要贴？那边也会跑气哦 。

几人大笑，女舞者下。女演员回后台，拼命换装成羊，舞监协助。

派　欸，你在市场没有买羊吗？

康　当然有！过来！

“羊”从另一个入口上场，走一圈。

可以吧？够肥吧？

“羊”突然说话。

羊　你才够肥呢！

派　好了，我们快干活吧。赶快把这一只肥羊牵进去宰了。

康　好的先生。

派敲优家门，“羊”下。女演员回后台，拼命换装成斯黛芙拉。

欸你这只死羊！

康格里奥追。

派　喂，斯黛芙拉，开开门。

斯　（声音，边换装）谁啊？

派　隔壁的管家，我带来厨师、舞者，还有办婚宴的材料。

换装成斯黛芙拉的女演员开门。

斯　跟我来。

三演员回后台，导演拼命换装成优克利欧，舞监协助。

舞　监　（对耳机）音效 Q18 准备……走。

导演上。优克利欧从镇上回来。男演员、女演员在景片后面候场。

优　怎么市场都给我乱抬价！一定是他们知道我那一坛金！

康　（在屋里）就是那个坛子，搬！

女演员、舞监　（在后台）搬走！搬走！搬走！

优　什么？完了！他们已经拿到金子！阿波罗啊，求求你帮帮我，用箭射死这些强盗！

优克利欧急跑进屋。

康格里奥和斯黛芙拉从优克利欧屋内逃出来。斯黛芙拉跑掉，康格里奥向观众求救。女演员冲回来，换羊装。

康　救命啊！

“羊”冲出来，又奔走。优克利欧由屋内出来，追杀康。两人冲往观众席。

优　（声音）往哪儿跑？抓贼！抓贼！我要把你告到法官那儿去！

康　（声音）为什么？

优　（声音）你带刀。

康　（声音）我是厨师，哪有不带刀的？

优　（声音）还装蒜？趁我不在的时候，把我的房子当人民广场！

男演员、女演员回后台，女演员拼命换回女舞者装，舞监帮她。舞监把道具的一坛金放在地上导演看得见的地方。导演冲回后台。

优　　浑蛋!

男演员、女演员冲出去。优克利欧用外衣掩着金坛子由屋内出来。

（自语）感谢上天,我的宝贝在这儿！我不敢把它留在屋里，太危险！我的宝贝坛子，我决定把你带到小庙里，你在那儿绝对是安全的。（走向小庙）守护神，我把这个宝贝托付给你。

优把一坛金放进小庙，下。

舞　监　（对耳机）灯光Q38，请走，大幕准备，阿弥陀佛，请走!

大幕正常地关闭，演员下，舞监拿起话筒。

女演员　（对话筒）中场休息。

开发商从戏中戏舞台下，灯光渐暗。

第四场

灯光渐亮，中场休息。

打扫阿姨在打扫，财神娃娃已经充成一个三米高的可爱型财神。

导　演　阿姨，其实现在不用扫。现在是中场休息，等一下又会被我们搞乱了。

阿姨不理他，慢慢扫过去。

阿　姨　这就是历史。还来不及收拾残局，又有新的灾难发生。

导　演　啊？

阿　姨　新的灾难覆盖旧的灾难，可怜的旧灾难。

导　演　啊？

阿姨下。舞监推一个两米高的景片，上面画的全部是人民币，到舞台上。女演员穿着青斑的旗袍，上。

舞　监　（对耳机）各位《一坛金》的演员及工作人员，演出将于七分半钟后开始。请大家回到工作岗位上。（对女演员）欸你穿这个干什么？

女演员　感受一下嘛！他喜欢。

男演员　我喜欢。

女演员　（看财神）是这样吗？

导　演　好像有点 cute。

教授从棺材中醒来。舞监、女演员吓一跳。

教　授　（亢奋）我看清楚了!!

舞　监　什么?

教　授　一切！我们无聊的日子，每天就在演一出烂戏，主角居然是自己！不行！我不干！我要自由!!我要重新编一个新戏，里面的主角是快乐无比的！

舞　监　哇，躺在棺材里会变这样?

女演员　跟你说了吧！你应该试试看。

教　授　（亢奋）这一墙的钞票做得太漂亮了！等一下观众看到会震撼！

男演员　呃导演，就这样，一片，墙啊?你在抄袭谁?

教　授　这在学术上不叫抄袭，叫“引用”。引用了这一面实体的墙，观众才能感受到这部戏穿越二十个世纪，直接在跟它对话！

男演员　不是，两个人表演，突然出现一墙人民币，什么意思?这个太 low 了，我没办法演。我看到这么直白的象征会有生理反应。我会恶心，我会演不下去。

女演员　你有种就不要演嘛！“尊严在自己心里”！

舞　监　好了，阿强。

男演员　谁是阿强?我叫赖康耐狄斯。至于你们这些可恨的假装专业的，请用拉丁文跟我说话！

教　授　（拉丁语）Tempus fugit! Tempus fugit!

男演员　（重复）Tempus fugit! Tempus fugit!

开发商　什么意思？

男演员　快！光阴逃走了！

开发商　这么直白吗？

舞　监　对，很直白。可以小声一点。

教　授　（大声）好！

导　演　（对男演员）哇，真的假的？拉丁文？

男演员　什么叫"认真的演员随时为角色而充分准备"？（拉丁语）Ad libitum!

教　授　"我自由了！"对！我不需要你！我不需要这一切！过了今天，我远走高飞！ Volo volant! Volo volant!（远走高飞！远走高飞！）……

舞　监　梅干梅干。

女演员　各位观众，演出……

教授抢过女演员的手持话筒。

教　授　（对话筒，亢奋地）各位观众，演出即将在（舞监比"五"）五分钟之后开始，请大家赶快入座！ Volo volant!

大家看教授，导演愣，女演员指棺材。舞监收回话筒。

馆长上。

馆　长　太精彩了！观众看得如痴如醉啊！（对女演员）欸你怎么

能穿这个?!

女演员 很符合我的气质啊。

馆　长 这是青斑的旗袍！那是我的缪斯、我的神明啊！你怎么敢随便穿神的衣服?

舞　监 闹着玩呢，梅干赶快脱下来。

女演员 不是，馆长，你怎么确定这就是青斑的旗袍?

馆　长 这是有历史的,(拿出皮夹)我有照片为据！这是青斑在这个舞台上演出的珍贵照片，只可惜已经没有人知道她演过什么了。还有,(拿出怀表)你看这个怀表，这是我和她的合照。

众　人 啊?

馆　长 P上去的哈哈哈哈哈。你看，她名字都绣在衣服上面。

女演员 馆长，名字在上面就证明是她的?那我里面穿的这一条CK底裤，上面有Calvin Klein的名字，是不是表示将来要还他?

馆　长 跟你说你不懂，我告诉你，老房子里什么事都有。

女演员 啊?

馆　长 骗你的！哈哈！不过有可能喔！哦对了，晚一点我要请教授吃饭。

女演员去换装。馆长下，教授上。

舞　监 (对耳机)大家,中场准备回来了。灯光Q40,大幕准备……

教　授　准备演出了！（对舞监）我此刻心中最期待的是那面人民币的墙出现后，从吊杆飞下来无数的人民币！飘啊飘在这些没用的贪婪世人上！人类一切的欲望和罪孽就在此刻被揭露无遗！

舞　监　教授，导演，不好意思，是这样，为了安全起见，我已经取消吊杆动作了。

导　演　啊？

教　授　那不行！

舞　监　安全问题是我在负责。

教　授　可是那是高潮！高潮！整个戏就靠那一下！

男演员　喔你说出来了！整个戏就靠一个舞台效果，那我们算什么？

教　授　你们是陪衬的！

男演员　啊?!

教　授　在世界的大舞台上，我们都是陪衬的！（对舞监）复原！

舞　监　可是安全性实在……

导　演　你看到没有？摇摇晃晃的，这个系统实在快要完蛋了。

教　授　听我的！

女演员　（指自己造型）我这样行吗？够不够 man？

导　演　哦……声音不要忘了压低。

女演员　（压低声音）这样够不够 man？

男演员 所以教授，等我们演到一半，观众要看到这面纸钞的小墙壁。

教　授 对！

男演员 还要看到空中落下钞票？太精彩了!!

教　授 对！

女演员 不止，到时候还要推出这财神爷。

男演员 那就全了！在莎士比亚之后，普劳图斯也被我们鞭尸了！你能不能有一些创意，不要去搞那些创意？你能不能不要借古人的风采来假装自己有一点创意？我们能不能规规矩矩把文木演好？

沉默。开发商从戏中戏台上上。

开发商 太好了！可以开始！

舞　监 你不要直接从舞台上走！好了，（对耳机）大幕准备。大幕，灯光 Q51，音效 Q21……请……走！

灯光变化，音乐起，大幕起。

第五场

《一坛金》第四场，掌声，音乐。一个年轻的奴隶上，他是麦格多拉斯的外甥赖康耐狄斯的仆人斯特罗比鲁斯（女演员饰）。他小心地绕着优克利欧家细细观察，转向观众自我介绍。

斯特罗比鲁斯（斯）（压低声音）我是个奴隶。我的年轻主人爱上了穷老头优克利欧的女儿。他刚听说那女孩要嫁给自己的舅舅，所以派我来看看情况。

优克利欧从对面出来。斯站在罗马柱上装雕像，优没有看到他。

优 好了，在小庙里藏得好好的！守护神，千万不要跟任何人说我满满一坛金子藏在这儿！好了，我回家了。

优回到房子里（导演回到后台）。

斯 天哪，我听到了什么？老头在这小庙里藏了一坛金子！我要好好找一找！

他偷偷溜进了小庙（女演员回到后台）。

导演上台。

优 刚才有乌鸦在我身边叫了一声，又在地上用爪子刨了一下，我心都快跳出来了！我得赶紧回去看看！

他冲到小庙里。女演员、导演都在后台。

优拽着奴隶大声争吵着出来。

优　（打斯三下）小偷小偷小偷。

斯　你打我干什么?

优　手给我看。

斯　看吧。

优看第一只手，然后看第二只。

优　你只有两只手吗?

斯　废话!

优　交出来!

斯　交出什么来?

优　衣服下面?

斯　你想摸哪儿摸哪儿。

优检查奴隶衣服下面。

优　行了，你走吧。不要再让我看到你。

斯　谁要看到你 ?!

优走进小庙，斯站在罗马柱上装雕像。

优克利欧上台，手上拿着坛子。

优　我现在要再把这坛金子藏起来，在城墙外有一片小树林，栽满柳树那里，我就把它藏那儿吧。

优下。

斯　还好他没看到我。诸神果然在照顾着我！我偷偷跟在他后面，爬到树上看他把钱藏哪儿。

奴隶冲下。二人回到后台。

舞　监　（对耳机）灯光 Q53，音效 Q12 请走。

灯光变化，音乐进。优克利欧走向森林，斯特罗比鲁斯随后追踪他。

男演员　你那楼盘两万买得到吗？

开发商　哈！我卖你两万我赚什么？

男演员　那我们这些人怎么买房子？

教　授　（拉丁语）Timendi causa est nescire。

开发商　什么？

教　授　“无知创造恐惧”。

开发商　不对，穷困创造恐惧。

男演员　你真俗气！

开发商　我干吗不俗气？你以为建设一个楼盘很简单？有多少风险要担？有多少关系要拉？

男演员　我们风险更大！因为我们是拿梦想做投资的。人要有梦想，才能创造辉煌！

优、斯下，男演员（赖康耐狄斯）上。女演员跑到门后。

《一坛金》第五场，赖康耐狄斯从街上走过来。

赖康耐狄斯（赖）　完了，我和优克利欧女儿的事可能要穿帮了！

优克利欧家里，他的女儿在痛苦地呻吟。女演员哭喊。

菲特里雅　（声音）好疼啊，接生婆，接生婆，救救我！……

舞　监　（对教授）接下来就是看吊杆的情况咯。

教　授　一定很精彩。

舞　监　（对耳机）灯光Q55.3，音效Q29.1，吊杆Q18.5请准备。加油……灯光，吊杆Q18.5请走！

教　授　不对，不是现在！

灯光变化，诡异的音乐。从我们的位置，可以看到13号吊杆下降，然后降到镜框舞台视线内。

舞　监　是你告诉我的！（对耳机）停，吊杆Q18.5停。

教　授　我说的不是这个点！

舞　监　（对耳机）怎么回事？降到固定点就好！……往上！往上！……

教　授　努力了这么久，到最后原来是要毁在技术上！我实在很难接受。

舞　监　（喊回去）正在处理！不要乱吼乱叫好不好？

教　授　我就乱吼乱叫给你看！你为什么要在这里降吊杆！下钞票的点要在人类一切的欲望和罪孽被揭露无遗的一刻！

舞　监　教授，在这种时候，我们必须冷静，我们必须……（突然崩溃）叫什么叫！（台上停）你叫就能解决问题吗？

开发商注视着舞台上方的吊杆。

开发商　吊杆在晃！

舞　监　（对教授）给我靠边站！你是教授也没用！

开发商　晃得很厉害！

舞　监　现在在剧场里，剧场里谁最大？问题我来处理！

赖　我必须进去和舅舅谈谈。（想进去麦格多拉斯家，又不敢）啊呀！谁要我酒后乱了性！

赖康耐狄斯看看左右。

欸？我的奴隶去哪儿了？我告诉他在这儿等我。我现在就进去找舅舅，等待命运的安排。

赖康耐狄斯进到了麦格多拉斯家。

奴隶兴高采烈地上，他已经拿到了那坛金子。

斯　今天真是好运到！我在树上看那老头把金子埋了起来，他一走，我就把它挖了出来，满满的一坛金子！我现在比国王还有钱啊！小心，他来了。我现在赶紧把这个放回家。

奴隶急匆匆跑掉。女演员回后台。优克利欧万念俱灰地上。

13号吊杆晃来晃去，晃得很厉害。13号吊杆直接撞击后墙，也就是戏中剧场的左舞台墙。巨大的声响，烟雾弥漫。

暗场。

黑暗中。

优　抓贼！抓贼！抓谁啊？他是谁？我根本不知道！（咳）而且什么都看不见。我自己在哪儿，我要去哪儿，我都不知道！……

教　授　搞什么？

舞　监　嘘……吊杆撞墙了。

教　授　吊杆撞墙了？我才要撞墙！

舞　监　小声！

观众躁动。

观　众　（声音）嘘……

舞　监　（对耳机）现在什么情况……谁跟我说话……（大声）说话！（对教授）停电了。

教　授　那赶快宣布。我来！开话筒！

舞　监　没电，哪儿来话筒？

女演员　什么烂剧场。

教　授　那怎么办？怎么办？

舞　监　不要紧张！（大声）不要紧张！我有办法！

教　授　（大声）你有什么办法 ?!

舞　监　（大声）我没办法！怎么样 ?!

灯光一闪一闪地亮起。烟雾弥漫。

墙壁上露出整面的钞票，比景片上的纸墙大几十倍。

舞监、教授、女演员、开发商看呆了。

女演员　（指墙壁）哇……

赖康耐狄斯从隔壁房子走出来。

赖　哇，古罗马也会停电？

观众鼓掌。

开发商直接冲到对面墙边捡起地上的钞票。

舞　监　（对台上男演员喊）把导演带到下舞台。

演员到幕外。

舞　监　关大幕……你不管！关！开工作灯。

大幕关起来，把两位演员切到外面去了。工作灯亮，大家看墙壁。

女演员　什么？这什么？

舞　监　这……教授，你弄的？

教　授　我弄的吗？我弄的是……

开发商　教授弄的是这面小墙。

女演员　好小……这是……

舞　监　钞票。

开发商　美金！

舞　监　美金？

开发商　一整面墙的美金！

教　授　道具？

开发商　你那才是道具！这看起来是真的！

停顿。

导　演　啊？

外面的演员继续演。

女演员　是不是本来在雪袋里的？

教　授　（拿在手上）雪袋里的是人民币假钞。

开发商　（仔细看）这些是一百元美钞。看起来是真的。起码这个人头是对的，一百元是个败顶没错。

男演员从大幕中间探头进来到后台，看到他们的情况。

男演员　什么情况？怎么会……哇！

女演员　1947 年的美金！

男演员　真的假的？

舞　监　（对男演员）赶快演完。

男演员回舞台演戏。

教　授　这到底多少钱啊？

开发商　（看手机）美金一张……

舞　监　157 毫米乘 66 毫米。

开发商　这面墙……大约……

舞　监　10 米乘 8 米。

开发商　这一叠……

舞　监　100 张。

开发商　这一墙……

舞　监　十亿多美金！

开发商　现在汇率……

舞　监　6.35。

开发商　那差不多……

舞监、开发商、教授　（同时）六十个亿！

男演员探头回来，舞监赶他回去。

女演员　这是谁藏的啊？看起来真的是很久没有人动过了。

女演员拿起扫把，去戳。

开发商 哎哎哎！

女演员 干吗？为什么不能？

舞　监 你敢拿？（对教授）教授，我们尽快结束演出。

教　授 那今天就不弄大结局，明天那场再弄。

舞　监 好。（对耳机）等一下灯光 Q25.1 提早，现在就 stand by。对……演出要结束……对。临时状况。什么？当然不用关大幕……为什么？因为大幕已经关起来了！

他们所有人检查着美金。

教　授 等一下。这么老的钞票，就算是真的，能用吗？

舞　监 （看手机）美金永久有效。

教　授 谁说的？

舞　监 知乎。（对耳机）灯光 Q58.1 暗场请走。

灯光变化。舞监上台，把导演、男演员抓到后台来。

舞　监 赶快回来，不演了。

导　演 干什么？

男演员 一下暗场，好恐怖！

舞　监 谢幕。

男演员 啊？

舞　监 谢幕。（对耳机）领掌声……鼓掌！……现在！谢幕！上台！

单人的掌声，接着是观众稀稀落落地跟进。舞监把两个演员推上台谢幕，女演员跟。掌声。

舞　监　（对耳机）灯光，直接跳到Q99……对，谢幕灯。走！教授准备。

演员回后台，教授走到台口。

男演员　没演完！谢什么幕！

舞　监　演完了！

女演员　这是一种残缺的美，懂不懂？

舞　监　（对耳机）给场灯，走。（对教授）教授请上。

教授上场。

教　授　（声音）各位观众，与会的学者专家们，今天的演出就到此，给你们一个惊喜的结局，那就是，明天再看！……

舞监探出头跟教授说话。

舞　监　快一点！

教　授　（声音）对，快一点。我的意思是说，很快我们今天的会议就开完了，演出也结束了，在此祝福大家，身体健康，明天见！

导演和开发商已经从墙壁上取下了许多钞票，是一叠一叠的百元美钞。

主持人　（声音）等一下，教授，您忘记了很重要的事。

教　授　（声音）什么？

舞　监　对了，忘了演后谈！

主持人　（声音）演后谈！

教　授　（声音）那我们还是等明天……

主持人　（声音）啊！我看到观众席坐着我们的大家长，我们敬爱的杨馆长！也是我们演后谈的主持人！馆长好！

馆　长　（声音）好！大家好！

主持人　（声音）我们大家掌声欢迎我们演后谈的嘉宾：我们王彩云教授！还有我们《一坛金》尹然导演！有请！

掌声。后台一团乱。

导　演　干什么？要我做什么？

舞　监　演后谈，赶快出去，随便谈随便谈！

舞监把导演推到舞台上。

穿着旗袍的青斑出现在后台，慢慢走过。没有人注意她。

（对耳机）好了，我们进入演后谈，然后……（看到青斑）这……什么？谁？……这一位小姐，请你……

青斑看一眼舞监，看看墙壁，下。

灯光渐暗。

第六场

灯光渐亮，舞台改成观众的正常视角。大幕已合上，馆长、导演与教授坐在椅子上，拿着麦克风，跟观众说话。
镜框舞台周围布置与第一场一样。

馆　长　各位观众，非常兴奋，今天有幸欣赏到全中国第一次演出的古罗马喜剧！由王教授翻译的作品《一坛金》。《一坛金》的作者普劳图斯是马尔库斯·奥勒里乌斯皇帝时代的人物。这不禁让我想起一个问题，就是：为什么这些人名字后面都有一个“斯”字呢？哈哈哈哈，我们先轻松一下，等待教授斯您严肃的回答。

教　授　其实，这是拉丁语本身的特点。

馆　长　哇，不愧为才女啊！教授斯您真有学问，馆长斯我服了！那么导演斯，你有什么要跟我们分享的吗？

导　演　没有。

馆　长　啊？

导　演　观众自己看，看不懂不要来。

馆　长　哈哈哈导演斯，您太阳眼镜拿下来就会发现观众都走完了。哈哈哈哈，骗你骗你。

导　演　对不起，我还有很多工作。

导演起身，从大幕中间看后台。馆长看。

教　授　他很敬业。复原，让明天好演出。

导　演　（对后台）别给我乱搞！

馆　长　是！太敬业了！接下来我想问一个俗气的问题，优克利欧手上那一坛金子，以今天来说，大概值多少钱？

教　授　十个亿。

馆　长　啊？

教　授　随便说。比喻。

馆　长　那真有趣！当时的优克利欧手上捧着十个亿，他是什么感觉？跟我们现在人的想法会不会雷同？

教　授　我觉得作者的高明之处在于他让我们看到像优克利欧这么一个守财奴，手上捧着十个亿，他能做什么？是那欲望本身把他捆绑着。

馆　长　是，是……捆绑。那您呢？您手上突然有那么多钱，您会想做什么？

教　授　我？我会造一个全世界最大的古希腊罗马文献图书馆，可容纳几百个学者做研究……

馆　长　那你呢导演？十个亿。

导　演　十个亿。我从大学毕业后就已经写了一个里程碑式的电影剧本，投到所有公司他们居然都不拍！等我有钱了，到时候，到时候是我来选他们！我就是甲方爸爸！是引燃全世界的大导演!!

音乐起，开发商、女演员、男演员、舞监、打扫阿姨陆续上场。抽象的灯光造成不真实的气氛。每一个角色进入自己的内心世界独白。

男演员 我先买个房子，三室两厅内环临地铁……

女演员 学区房在公园旁边……

舞　监 有个独立小花园，可以种几盆兰花，种种菜，有只狗可以晒太阳。

男演员 神经病，十亿买三室两厅干什么？

女演员 买别墅，买豪宅。

舞　监 买两栋别墅，两栋豪宅。

女演员 整个小区买下来！爱住哪儿住哪儿！

男演员 不对！十个亿，我就放在那里一动不动，凸显金钱的荒谬性！凸显生命的荒谬性！

开发商 我不用在乎那些跑了的投资人，不用看那些银行家的嘴脸，我的“罗马假日”楼盘就可以咸鱼翻身！

教　授 要图书馆干什么？去旅行！远走高飞！坐着我的私人飞机旅行到南太平洋一个偏远的无人岛，全岛上只有我一个人，就让易烊千玺飞过来在我面前 freestyle！

馆　长 十个亿，这个剧场拆了后我要重建一个最美最华丽的剧场，全都是最高尚的演出、最高尚的人士，奉献给她，让她住得开开心心。

导　演 拍电影赚的钱投资来研究虫洞，让时光倒流，回到过去，然后我就可以找到大学前的我，跟他面对面。我会告诉他我的人生，我会给他最重要的忠告，那就是……叫他不要再写那个烂剧本……

开发商 不能把他们全砍死，要留活口，放高利贷给他们，还不出来再砍他们……

舞　监 我会把名字改成妮娜，在冰岛雷克雅未克港口开一家小咖啡馆，叫“海鸥”。

女演员 我会把名字改成四凤，在丽江古街上开一家茶馆叫“雷雨”。

男演员 十个亿一天花完！吃喝嫖赌全来！发挥人类堕落本性的极致！进入吉尼斯世界纪录！成为真正的天王巨星！

众人散去，留下馆长跟阿姨。

馆　长 狗屁！盖给她?! 十个亿，我拿两百万，等拆了之后，我就再买火药把地上炸个大洞！再用最好的钢筋混凝土把它封起来，看她往哪儿跑！

灯光渐暗。

第七场

会后，右舞台视点。

灯光渐亮，观众已经散场了。教授、开发商、导演、男演员看着一墙壁的钱。已经有部分墙壁中的钞票被挖下来，在地上，露出了钞票背后的墙壁。众人用验钞机验钞。

所有人聚集过来。

验钞机 （声音）一百张，全是假钞……

女演员 假的。

开发商 这是验人民币的验钞机，怎么会懂美元？

女演员 是吗？

教　授 等一下，如果是真的，这个钱拿了我们可以兑换吗？

舞　监 银行啊。

导　演 你几辆卡车开到银行跟人家说，来，小姐给我换十亿人民币？

女演员 要几卡车？那怎么运出去？

舞　监 我们有那些装道具的箱子。

开发商 去银行干什么？

舞　监 不然呢？

开发商 （掏出手机）“需要洗钱吗？请拨打电话 11……”

教　授 等一下。就算是真的，你们敢拿吗？

女演员　是真的才敢拿啊。

教　授　是真的才不敢拿。

所有人　啊？

教　授　你怎么知道是谁的？

开发商　是谁的？是我们的！

教　授　不是，这可能牵涉很广。

女演员　怎么说？

导　演　什么人会藏这么多钱？你敢跟这种人玩？

女演员　会不会是黑道？

舞　监　黑道藏美金干什么？

教　授　美国黑道。

女演员　好刺激。

导　演　那干吗藏 1947 年的钱呢？

教　授　会不会是过去时代留下来的宝藏？

舞　监　那为什么到现在都没有人发现？

女演员　就是到现在都没有吊杆撞过墙。

教　授　1947 是一个动荡的时代。

导　演　时局紧张，可能有生意人藏了这笔巨款准备回来拿。

教　授　没什么不可能。

女演员　那为什么没有来拿？

开发商　可能死了吧？

教　授　历史是复杂的，有太多种可能导致他在这儿藏了钱，也没跟人家说也没回来拿……

导　演　所以这么多年过去了，这笔钱就没有主人了。

舞　监　所以……

教　授　等一下！

舞　监　怎么样？

教　授　这是剧场欸！这会不会是某一出戏的道具墙？

开发商　这不是道具墙，这就是墙。

导　演　而且如果是道具墙，一定用的是（指右舞台）那面墙！怎么会用这面墙？有没有点常识啊？

教　授　有道理。

舞　监　所以……

开发商　挖！

一直静默的男演员突然发言。

男演员　等一下！各位，我太惊讶了。

导　演　啊？

男演员　怎么到现在为止还没有人报警？

停顿。

我们这些人是怎么了？我们的内心就这么懦弱，我们的心灵就这么轻易被征服？我们见到钱比见到老祖宗、见到爱人还要殷切？我们基本的人性哪儿去了？身为中华人民共和国的公民，我们有义务和使命去保卫国家的每一份财产！这么多的钱，能够盖多少个希望小学？能够让多少贫困的孩子脱贫，奔向光明的前程！所以，我倡议，我们的讨论自然到此为止，做一个堂堂正正的中国人！这一墙的钱，马上上交国家！

众人热烈鼓掌。

开发商 我们刚刚说哪儿了？……

导　演 用道具箱搬走。

开发商 对。我们现在冷静地讨论，待会儿快快行动。我主张，这个事情，见者有份，也给他一份（指男演员），免得不好看。所以我们现在是六个人，分成六等份。那么，我个人的五份拿走之后，剩下一份你们五个人分。

女演员 什么?!

开发商 我不赞助你们哪来的戏演？

教　授 不对！没有我提供剧本，没有我坚持吊杆效果，怎么会找到这面墙？所以我个人的五份拿走之后，剩下一份你们分。

舞　监 你好意思说呢！如果我不控制吊杆，哪有这件事情？

导　演 没有我们在前面演戏，你怎么有机会控制吊杆？

男演员 （喊）所有人听我的!!（停顿）Tempus fugit! Tempus fugit! 不要浪费时间了！吵来吵去干什么！不要再幼稚了，我们就一人一份！

女演员 你也变得太快了吧？

男演员 你管得有点太多了吧？

舞　监 好！

男演员 愣着干什么，一人一份！赶紧挖啊。出去以后，我们就此别过，谁也不要再见面了。

开发商 好！那就来！

女演员 你说什么 ?!

男演员 老子跟你分手！

女演员 我不分！我爱你！

男演员 你搞不清楚啊，我们走出这个门，每个人身上有十个亿！你有十个亿，我也有十个亿……

女演员 我们两个就有二十个亿！

男演员 我要跟你分手！

女演员 原来你就是想去泡妞！

开发商 泡妞不需要十个亿！

女演员 听到没有？泡妞不需要十个亿！

男演员 不是！你傻呀！拿走这十个亿，你得先拿出几百万来改头换面，变脸的变脸，变性的变性，去世界的另一端，到时候谁都不认识谁。你找不到我的！

女演员 可惜做完手术改不了你这浑蛋的臭味！走到哪儿臭到哪儿！

舞　监　好了好了，（看着手表）梅干，你赶快先拿一张去楼下银行换换看。

女演员　我拿 1947 年的美金到银行去换？

男演员　看你样子他们一定觉得你是偷来的。

女演员　我是偷来的，怎么样？不要美化丑陋的事实！我们都是贼！

开发商　怎么说话那么难听？我们活在世上生不带来、死不带去，我们是管理者！我们来协助可怜的失去方向的金钱暂时找到好归宿！

导　演　好了，不要吵了，去换去换。

女演员下。

男演员　（直播）谢谢窝迪普斯送的樱花雨……

开发商抢过手机。

开发商　神经病！

男演员　我跟我梦想粉丝团约定好每天直播的时间，这形同一个合约……

开发商　很好。你梦想粉丝团有几个人？

男演员　五个。

沉默。

开发商　好了，我们赶快行动！开挖！

教　授　好像盗墓。

导　演　差不多。

大家开始工作。打扫阿姨上，在扫地。

教　授　嘘，有人。

舞监去转移阿姨的视线方向。

导　演　阿姨，现在不用扫，我们还在整理。

阿　姨　好戏上场。

导　演　啊？是这样的，阿姨，我们还有一些事情要商量、要解决。

阿　姨　你们敢晚上待在这里？

沉默。

导　演　哎呀，这种人说不清，给她一点钱嘛。

开发商　对对，给她一点钱！谁有钱？十块就可以了。

大家掏钱，只掏出几块钱。

导　演　（对阿姨）阿姨，你能不能接受支付宝？

阿　姨　你扫我。

阿姨拿出手机，两人扫来扫去。

导　演　奇怪，扫不出来。

开发商拿起地上的美金一张，拿给阿姨。

教　授　你在干什么？

开发商　相信我。（对阿姨）阿姨，这是美金，拿去吧。今天就别管我们了，好不好？

阿姨收下美金，仔细看了一眼。

教　授　亏你还想得出来！

开发商　这一张算公共开支。

阿姨把美金还给开发商。

阿　姨　谢谢你，美金我有很多。记得，等你们演完了，就得走。

男演员　可下午不已经……

导演指脑袋示意阿姨脑子不正常。

阿姨边扫边下。

教　授　好了好了，我们快。

开发商　那是不是要有人搬那些规格箱过来？

舞监带着男演员、导演下。教授看着开发商。

教　授　你怎么不动？

开发商　这种时候我习惯指挥。

众人去搬规格箱。

好，很好……我们大家分工，来把这些钞票挖出来……呃。

众人瞪开发商一眼。

突然之间，青斑出现在远处，所有人吓一跳。

青斑走近，发现原来是女演员，穿着青斑的旗袍。

女演员　Surprise!

教　授　把人吓一大跳！

男演员　你在干什么？

女演员　你不是说我去银行人家会把我当小偷吗？所以我就……

男演员 你穿这样去银行？那人家可不认为你是卖……

女演员 你别管那么多，还有更大的 surprise，就是……

女演员拿出人民币。

钱换成了！

导　演 什么？

舞　监 我不是在做梦吧 ?!

女演员 一张 1947 年的美金一百元换成人民币六百六十四元！

舞　监 汇率这么好？

开发商 银行帮你换的？

女演员 不是！ 还没有走到银行，就有一个人找我换。

教　授 黑市。

开发商 好了，太好了！不要再讨论了！赶快干活，分成六份，（对梯子上的人）这些赶快弄下来，我们来装到箱子里。

舞监和男演员已经站在走道上，他们开始挖下一些钱。

教　授 但箱子只有四个。

女演员 还有一个棺材。

教　授 大小差不多。

导　演 那还差一个。

舞　监 有了。

教　授 啊？

舞　监 财神爷。

女演员 好主意，赶快！

舞　监 刚好这儿有个口可以装钱进去。

导　演 好！

男演员 有一个问题。

舞　监 什么？

男演员 你这玩意儿装满了钱根本搬不动。

舞　监 没问题，有氦气。

女演员 什么意思？

舞监把氦气筒搬过来。

舞　监 它本来就应该打氦气，这样它就会飘起来。氦气筒在后面。

导　演 天才。快。

大家都忙取下钱，装钱到箱子、棺材和财神里。

开发商去拿工具，站在走道上。

开发商 大家看我！挖这些纸钞的时候要注意一点，不要伤害到钞票，所以要找到那一叠一叠之间的缝隙，然后挖下去，就像……

开发商挖出钞票，背后墙壁上出现一个字“死”。所有人看。

导　演 这……

女演员 好可怕！

开发商 怕什么？迷信？教授不是说了？这个时代五谷不分、神明不认！我们已经不懂得如何迷信！这个年头谁可怕？人最可怕！这个时代是个鬼也得怕人！谁怕谁？挖！抢！

开发商继续挖，一大片钱掉下来，正好露出两个字“恐怖”。

女演员 好恐怖！我们要死了！

导　演 不要激动啊！

舞　监 要不然，我们……塞回去？

开发商 塞回去干什么？

舞　监 等一下。

开发商 干什么？

舞　监 算了，我不干了。我走了。

舞监收拾自己的东西准备走。

导　演 啊？

舞　监 从小妈妈就教我，世界上最重要的就是道德感，别人的东西就是不能拿，就算找到别人的东西，也要物归原主。

导　演 原主是谁？你上网，发微博，问“这一墙的1947年的十亿美金是谁的我要还给你”?!

舞　监 可是，从小我妈妈教我的观念是……

开发商 从小的观念是可以改的！

舞　监 也没错。我们拆吧。

馆　长 （唱）“我不管天多么高……”

女演员 天啊，馆长来了！

导　演 赶快遮一下！

舞　监　我先把灯关了。（对自己）灯光注意，关灯关灯。

舞监关工作灯。看不太到墙壁。

馆长上，教授急忙过去带他往旁边，不让他看到左墙。

馆　长　哎呀，你们真认真啊！怎么还不休息？

导　演　我们今天演出出了很多问题，正在检讨。

馆　长　有什么问题？我看了，好得很！笑死我！（演）“抓贼，抓贼！”

众愣，害怕。

“抓谁啊？我根本不知道！而且我也看不见。”哈哈！把我笑死了！你演得真好，真会应变。

导　演　我们还要顺一下明天的流程。

男演员　明天就跑了。

馆　长　啊？

舞　监　总之，我们需要留下来把戏再跑一遍。可以吗？

馆　长　当然可以！我马上打电话叫我们整组同事回来加班陪你们！

导　演　啊不用不用……

停顿。馆长头欲往墙壁转，舞监用景片挡他，景片就跟着馆长走动。

馆　长　哈，全体员工就是我本人！我来陪你们跑一遍。（走动）剧场要拆了，所有同事早就被遣散了！

男演员　为什么这么早就遣散？（看景片）应该等到拆迁完毕。

开发商 问这个干什么？

馆　长 因为他们受不了我！

停顿。女演员换回便服，回，把旗袍挂回衣架上。

哈哈不怕你们知道，我是恶名在外，这是一个外资企业下的剧场，他们一直想把它拆了，我在这儿守了这么多年，得罪了不少人。我想，反正他们都这么恨我，干脆早一点让他们走，（看景片）剩下几天我可以一个人在这儿安静地反省，（看看周围，但没看到墙壁）找找自己的回忆。唉……这么多回忆，我的这么多宝贝，我的青斑……的旗袍，你怎么还不还给人家？

女演员 马上，对不起哦。

馆　长 不要跟我对不起，你要跟她……

男演员 馆长，这个剧场的历史是怎么样？一定有很特别的故事？

开发商 你问他这些干吗？

导　演 Tempus fugit！

男演员 对。我没兴趣，改天再说。改天我不在了。

舞　监 你就不要说话了！

馆　长 是这样，这是过去时代上海滩非常重要的剧场，后来曾经改成工厂，我们恢复剧场后也保留了墙上的痕迹。

男演员 “人有多大胆，地有多大产”。

馆长转向墙壁，但是被其他人转移回去。

馆　长　很多重要的人物曾经在这个台上演出过，很多不重要的人物也曾经在这个舞台上演出过。

开发商　可以说重点吗？

馆　长　（越说越陶醉）三十年代的上海滩，一群热血沸腾的年轻人，一个并没有太大名气的女演员在台上演话剧，掀起台下观众对社会正义、对国家命运、对她——的热情！曲终人散，她一个人走出剧场，走进上海刚下过雨的夜里，然后，点上一根烟。烟在夜风中散去，她的一切也在历史的夜晚随风飘散，只留下她的名字——

男演员、馆长　青斑。

馆　长　青斑身体不好，体弱多病，但坚持她的理想。有一晚，她在这舞台上演出《茶花女》，观众为她柔弱的体态如痴如狂，然后，当她的角色玛格丽特死亡时……她就真的……

女演员　死了？

导　演　在台上？

舞　监　这有记载吗？

馆　长　当年报纸上一两行字而已。时局大乱，谁在乎一个戏子？多少年了，我一直在捕捉那个画面，那份曾经年轻、曾经有理想的感觉。

男演员　有梦想。

停顿。

馆　长　好啦！那我就不打扰你们了！你们真认真！跟当年青斑他们那一伙一样！感动！向你们致敬！

馆长向他们鞠躬。

（突然）“小偷！小偷！”

众愣，害怕。

“手拿出来看！你只有两只手吗？”啊呀笑死我笑死我！那么教授，我们就去吃饭吧！对面那一家西餐厅是上海最老的西餐厅之一。

导演把馆长教授往外推。

导　演　那真特别。

馆　长　只收美金。

教　授　啊？

馆　长　哈哈！开玩笑，走吧！我好多事想请教您……

教　授　嗯。

扫地阿姨上，突然指着馆长。

阿　姨　（对馆长）上哪儿？上馆子？

馆　长　要你管？

阿　姨　不要我管？

馆　长　不是，过了明天，这里就拆了，人总要替自己做点打算。

阿　姨　当然。你觉得她能帮你？……学者专家，还会挖宝藏，你就欺骗她的感情？

馆　长　说什么？

阿　姨　过两天推土机来了，这边拆了，你什么都没了，只剩懊悔。没出息。

馆　长　那你呢？推土机来了，你去哪儿？

阿　姨　我回家了。

馆　长　家在哪儿？

阿　姨　就在这儿。

馆　长　你就在废墟中被历史遗忘。扫过来扫过去，你就在这儿晃你个荡！

停顿。

阿　姨　对，对，过去一切不珍惜，眼前的一切不管，只想未来。这叫“颠倒梦想”。

馆　长　胡言乱语。

阿　姨　人言可畏。

馆　长　听她扯？走！上馆子！

馆长带教授下，下的过程中教授回头对大家做手势。

阿姨下。

开发商　继续，谁怕谁？！

男演员　不过，包总，我认为照你的方式这样走下去，我们根本做不完。

导　演　而且钱挖下来之后，我们怎么运走？谁来帮我们运？

开发商 这些都是好的问题，不要以为我没有在想。

女演员 你根本没有在想，还是让我们 Kitty 来吧。

男演员 对，Kitty 做事我们放心。

开发商 啊？

舞　监 真的？那就照我的方式来吧。首先，一个人认一个箱子，确认工作责任，用绩效说话，向绩效负责！

众　人 好！

大家行动，舞监拨手机。

舞　监 （对电话）喂，小陈，今天十点过来搬货……没有弄错，不是明天，是今天……本来说明天，但是……（喊叫）没有明天！好不好？……（平静）晚上十点，卸货口。（挂电话）

馆长和教授突然回。

馆　长 教授真不好意思！没想到……

馆长看到他们在干什么，大家尽量遮蔽。

导　演 没事没事就到这里就好了，我们自己排练就好了……

馆　长 各位，我太惊讶了！

开发商 这……欸，你们不是说要去吃西餐吗？怎么那么快？

教　授 对，我……

馆　长 那家西餐厅今天休息，我也觉得不好意思，就请教授在旁边吃了一根油条。

教　授 挺好吃的。

馆　长　不是，你们在……

开发商　提早为您拆迁！

馆　长　撞击墙壁？

停顿。

明白了，1947年的美金是吧？

停顿。

你们想把整面墙壁拆下来带走是吧？

停顿。

你们要那么多假钞干什么？

舞　监　啊？

导　演　假钞？

馆　长　全假的！

女演员　可是我去换了一张，换成功了！

馆　长　去哪家银行换的？

女演员　是外面的贩子。

馆　长　笨蛋！你去银行试试看，马上把你抓起来！

男演员　不是，馆长，你怎么知道是假的？

馆　长　哎呀，这是一个戏的道具！前几个月，一个叫什么剧团演的一个什么戏，《壁纸》。

男演员　《壁纸》？

馆　长　一个墙壁全都是纸，壁纸嘛。你们同行，应该认得吧？还真有点创意。他们创造了一个神话，搞出这么一面墙壁都是假钞……（把地上的美金拿在手上看）还用美金呢！说是美国 CIA 当年在这个剧场的墙壁中糊了多少美金，我不记得，好像是十个亿。

导　演　我怎么没听说过这个演出？

舞　监　我也没有。

男演员　而且为什么要装在这一面墙壁上？观众看不到！

馆　长　你们听我说嘛！上海有多少演出你们都没听过就演完了，就没了？何况这是一个浸入式的演出，观众直接上台！每一个人还要摸一摸这些钞票，体验体验，就像那个什么……

女演员　*Sleep No More*[5]。

馆　长　对！就什么 more。他们当时跟我申请要让观众直接上台，我坚决反对，后来他们加场租，我就答应了。

舞　监　那怎么还在这里呢？

馆　长　因为就演了几场，后来就倒闭了，我也没拿到钱。

男演员　什么公司？那为什么不把墙壁拆掉还原呢？

馆　长　跟你说公司倒闭了，他们还管那么多？违约就违约！你能拿他怎么办？

女演员　那为什么要用那么真实的道具？糊在墙上也看不清楚。

馆　长　跟你说这是浸入式的演出，当然是越真越好！如果我没记错的话，他们大胆到钱上面都没印“道具”两个字。

女演员　（看钱）真的！

男演员　那个演出里是不是说美国 CIA 当年在这面墙里藏了这么多美金？

馆　长　对！你认识那个编剧啊？

男演员　不认识，是我会这么编。

女演员　好浪漫的故事。

馆　长　可不是？可惜是假的！所有浪漫的故事都是假的！

开发商　那为什么钞票背后的墙上还会有字？

馆　长　背后还有字？（看）嗯嗯。

开发商　而且还是那么恐怖的字？

馆　长　跟你说创造悬疑嘛！观众就是要慢慢发现这个恐怖，然后……

舞　监　然后呢？

馆　长　我也不知道，因为我也没看完，但大概就是这样，把剧场当密室，把所有人关在里头，墙上很恐怖，越来越恐怖，最后吓得魂都没了，然后打开门把你放出去，到隔壁吃根油条。

导　演　这钱实在太像了。

馆　长　我跟你讲，他们那家公司根本不懂剧场，做过头了！好像有一次排演杜月笙的戏，台上花了几百万到拍卖场买杜月笙亲自用过的古董家具，真是外行！那个制作就是钱烧出来的！哈哈哈！双关语！

馆长把地上的一些钱丢到一个铁的垃圾桶里，点火。

开发商 不要，不要……

馆　长 啊呀，这都是假的！你们还真以为是真钞？真钞是白日梦！哎哟哎哟，看你们几个口水都流出来的那个样子，都是假的！哈哈！多烧点多烧点。你到门口买个彩票发财机会还大一点！那你现在带出去用，马上被抓起来，我们大家公安局见。走吧，这些都让阿姨扫掉算了。（对空气）有本事全扫走！

停顿。

导　演 那……走吧？

众人收拾东西，往外走。

男演员 原来这一切，不过是白日梦一场……

舞　监 我妈妈说得对……

开发商 全都是假的，所有浪漫的故事都是假的。

女演员 行了，走吧。

开发商 欸教授，我送你好了！坐我的那台奔……啊宝……嗯法……呃桑……

导　演 （对教授）我帮你叫车好了？

教　授 没关系，我自己可以。我想走一走。

众下。

沉默。

第八场

馆长拉着教授回。

教　授　所以刚才你说的所有，都是真的！

馆　长　对！那个实验剧团不存在，其他都是真的。

教　授　这就是你要我帮你找的宝藏！

馆　长　对。快！

教　授　你怎么知道？那一份美国 CIA 文件能证明吗？

馆长掏出身上一份文件。

馆　长　这份 CIA 最机密的文件藏在馆长室一个档案柜的秘密夹层里，我任职后不久发现的，所以才会一直坚守馆长这个职务。你看，说得很清楚。

教授看文件。

教　授　美国 CIA1949 年在这剧场里为几位外籍商人藏了巨款，明细都有。

馆　长　文件极机密，全世界没有任何副本备份。你看这份文件年份靠谱吧？

教　授　很像啊，但如果是美国 CIA，为什么战后没有取回？你确定吗？

馆　长　我曾经怀疑过，是不是已经被拿走了？但我研究了所有可能性，认为钱还在的机会绝对大。这么多年，我到处找找不到，终于，在剧场要被拆掉的前一天，我们找到了！原来宝藏藏在墙壁里！天哪！

馆长向墙壁鞠躬。

太伟大了……太伟大了……（对空气）太狡猾了。

教　授　那，难道这就是我们的机会，亲爱的？

馆　长　远走高飞……

教　授　飞过海洋……离开俗世的一切烦恼！

两人拥抱，突然分开。

Tempus fugit! 我们赶快上二楼。

馆　长　对！快！我开灯。

他们上猫道[6]，开始把墙壁上的钞票挖下来，挖下的地方并没有字。

教　授　这么多年你居然都没有找到？

馆　长　它只说在剧场里藏了一笔巨款，没说在哪儿！

教　授　是，多少东西被遗忘。

馆　长　多少台戏、多少演出、多少血汗……十五年来，我一直找，一直找。地下室给我重新装潢两次，墙壁都被我打掉了，没找到。观众席座位也换了，整个舞台被我掀起来了！

教　授　你修缮的费用都在做这些？

馆　长　所有能想到的地方都想过了，除了……

教　授　这面墙壁。

馆　长　太精彩！

教　授　精彩！

馆　长　来！

教　授　来！

馆　长　加油！

教　授　嗯！

馆　长　挖！

教　授　要用力！才能……

馆　长　挖下一片！

他们挖下一片。

教　授　就是这样！

馆　长　来！

教　授　（敲）用力一点！

馆　长　用力！

教　授　哎！

馆　长　哎!!

他们挖下一大块，后面没有字。

沉默。

馆　长　你等我一下，我去……

教　授　抽烟……

馆　长　找工具。

教　授　那我想抽根烟。

馆长下，教授一人忙碌，嘴里哼着歌。

教　授　（唱歌，白光的《如果没有你》）“如果没有你，日子怎么过……”

青斑上，跨过舞台。

教授看到青斑，吓一跳。

你……梅干？……你回来了？你……别闹了！……

青斑继续缓慢走动。

梅干？我在跟你说话！别吓人了！

青斑走掉。

馆长回，手上拿着几根长杆子。

馆　长　你怎么了？好像见鬼了。

教　授　我……

馆　长　你真见鬼了。你看到了——她，是不是？你要学会跟她相处。

教　授　啊？

馆　长　（对空气）还在这边晃荡?!没有用！被我找到了！你输了!!

教　授　对她这么凶？

馆　长　那是我。我跟她关系不一样。（对教授）你要对她好，她会对你好。

教　授　对她好？

馆　长　你要尊敬她。你要向她鞠躬，跟她说，今天我们找到钱了，要分她一半，我是说分她一点。

教　授　（双手合十）青斑小姐……打扰了……我们没有恶意，我们没有要破坏你的美丽的家园，但……谢谢你成全我们……谢谢你成全我们……（对自己）我怎么变小三？

馆　长　（对青斑）对！你怎么把她变小三？你还有什么？你来啊！（对教授）不理她！继续工作！

馆长拿东西砸墙壁，二楼墙壁上一片自己掉下，露出了一个“灭”字。

教　授　啊——！

教授昏倒。

馆　长　亲爱的，这……亲爱的……

馆长立刻去照顾教授，他看着虚空。

这样你开心了？!

后台传出声音。馆长听到声音，赶快把台上的灯关掉，躲起来。

舞监、导演、男演员、女演员上。黑暗中，他们拿着手机做手电筒，另外舞监自己拿了个强力的手电筒。

女演员　怎么那么黑啊？

男演员　你怎么这么糊涂？

女演员　就是忘了嘛。

男演员　忘在哪儿？

女演员　就是把那六百六十四块人民币，放在道具桌上了。

导　演　那就赶快拿了走吧。

女演员　怎么这么黑？

舞监照到了昏倒的教授。

舞　监　啊！教授怎么会躺在这里？

众人去关照教授。

众　人　教授！教授！……

女演员拿手电筒。

导　演　死！

男演员　开灯开灯！

舞　监　有呼吸。她好像昏倒了。

手电筒照到墙壁上的“死”字。

女演员　不会吧？

舞监走过去开灯，正好压倒在墙边馆长的身上。

舞　监　馆长，你也回来了？怎么回事？

男演员　（发现墙上多挖了一些）你们是在……？

馆　长　哈哈教授从历史的观点对这件事情有点兴趣，所以我带她回来参观一下。哈哈。

男演员　哪一件事情？

馆　长　就是那个……那个……

教授醒来，昏昏沉沉的。

教　授　快！快！趁他们没有回来之前，钱全部挖下来运走！……

馆　长　闭嘴！

馆长打教授，教授安静。停顿。

哎哟不小心。

导　演　原来是真的！

男演员　活逮了！

馆　长　不是！不是你们以为的……

教授又醒来。

教　授　那些傻子以为这些钱都是假的，哈哈其实钞票都是真的！拿了这些我们就远走高飞！哈哈哈哈你们都回来啦！我们一起把这些钱运走吧！

停顿。男演员发火。

导　演　所以这全部是真的？

馆　长　嗯。

众人欢呼，男演员气愤。

男演员　敢骗我们？

馆　长　不是。谁要你们当初瞒着我？我等这面墙壁等了十五年！十五年啊！

舞　监　好了，不要吵了。今晚一定要把钱运出去。那我们还是六等分，包总没赶上这一刻，但多了一位馆长。

馆　长　什么叫六等分！我等了十五年啊，这个剧场是我的！这都是我的！我给你们点儿搬运费还差不多！

教　授　好了就六等分吧。

馆　长　你们也很有功劳，那就六等分吧。

男演员　Tempus fugit!

女演员　时间要逃走了！大家干活！

导　演　等一下！大家先过来听我说。

众人过来。

今天一天发生了很多离奇的事情，也有很多不可思议的转折，过程中我怀疑你你怀疑我，我想干掉你你想干掉我，但这件事，我们必须同心协力！所以，我们一起来发誓，一切纠纷到此停止！

教　授　对！我们必须同心协力！

导　演　力挽狂澜！

男演员　拦截钞票！

舞　监　漂亮出击！

馆　长　击败对手！

女演员　手脚并用！

教　授　拥抱未来！

导　演　来不及了！

男演员　乐极生悲！

舞　监　悲惨世界！

馆　长　借刀杀人！

女演员 人言可畏!

教　授 畏罪自杀!

停顿。

导　演 我们喊个简单的加油好不好?

众　人 (小声)加油。

舞　监 音效我们加一个 Q100.1,100.1 准备,100.1 走!启动蓝牙!

《相信自己》音乐起。

他们继续工作,拼命地快速把墙上的钞票挖下来,装在规格箱里。

灯光暗亮数次,形成他们快速工作的画面。

女演员 哇好累!

教　授 十个亿!

女演员 不累!干活!

最后规格箱装满了,棺材也装满了,财神充饱了,站立在旁边。

墙上只剩一点钱。

舞　监 哇,全部都装满了。墙壁上还剩那么多?

导　演 这一个规格箱里少说也上亿。

舞　监 (对电话)小陈……还没到吗?……那我们在卸货口那边等你。

导　演 还没到?

舞　监 在路上耽误了,没关系,我们赶快把这些箱子跟财神推到后面卸货口。

男演员 梅干你去把卸货口门打开。

他们一起把规格箱和棺材、财神推走。

教　授 对 !!! 我远走高飞了！马上我们一人一箱！带回家！

男演员 怎么带？

舞　监 车子来运啊！

男演员 怎么换？

教　授 各凭本事！

导　演 要不然我们一起雇一条船，全部运到美国，我们到美国直接花！

女演员从侧台回。

女演员 奇怪，卸货口门打不开。

舞　监 什么？

馆　长 就是旁边有一个小盒子，按一下钮就可以了。

女演员 就是不行。

舞　监 电动不行可以用手动的。

女演员 手动也不行。

男演员 锁了吧？

馆　长 里面没办法锁。

导　演 我去看一下。

敲打声。

馆　长 这种门敲了没有用。

导　演　有其他的门吗？

舞监量规格箱。

舞　监　演职员入口太小，规格箱推不出去。

教授指着上方猫道侧边的小门。

教　授　那前门？

舞　监　前门下不了楼梯。

教　授　那个呢？上面那个小门？

馆　长　那个……那是假的，画的门，当年为了凑个消防口。

教　授　那怎么办？

馆长双手合十，嘴里念念有词。

女演员　他在向哪位神明祷告？

教授做出蜻蜓飞的手势。

蜻蜓？

不然整个财神烧给她。

舞　监　会炸。

教　授　真的吗？

舞　监　氦气啊！

停顿。

女演员　不然青斑小姐，你这一份我们用真正的假钱烧给你好吗？

男演员　太没诚意！好意思提假钱？

女演员　可是她用的应该是……啊！我可不可以提一个意见？

导　演　你说。

女演员　卸货口打不开就打不开，我们就放弃这些箱子，就捞出一些钞票，每一个人身上能带多少就带多少，然后就各自走吧！这样也算赚到了。

男演员　你在说什么？六十几亿就拿几百块？你这个人就这么一点涵量。

导　演　违反盗窃伦理！

男演员　一点出息都没有！我决定提早跟你分手！

开发商突然出现。

开发商　不许动！

女演员　干什么？

开发商　一张都不许带出去！

停顿。

被人欺骗不是很好的感觉。好，都摆好了，直接上路，啊？我们现在可以各凭本事各抢各的，看谁抢得过谁，在那个情况下，肯定我抢最多，但是我个人还是比较善良，所以我建议我们……同心协力！

教　授　力挽狂澜！

导　演　嘘……

开发商　事到如今，我觉得最合理的做法就是谁最需要这笔钱，就应该先拿去用。你们那个哪叫需要？你们谁立马需要六十几亿？不可能嘛！你要拍个戏，你要买个包，你要买个奶茶，你要办个研讨会，所以那个人就是我。没有这一笔钱的话，我的楼盘盖不起来，我的公司要垮了，我要破产了。所以我在此呼吁，帮帮我！你们到后来都会拿到该拿的！一人一份。

沉默。

好，没问题。先当作借给我，一年之后如数奉还，再加 1.25% 的利息。好……这些钱先当作一个投资给我，两年之后你们一定翻倍拿回来。

众人不理会开发商，各自忙碌。馆长找出许多大垃圾袋，大家分配。

我们不要浪费时间，这是个天大的好机会。现在帮我把这些钱全部搬出去，上了车，运到我那里，你们每个人都等着发财吧！好不好？

沉默。

那不然这样，等楼盘盖好了，一人送一套房子！

沉默。

大户型。

沉默。

楼中楼！

沉默。

景观房！

沉默。

送车库！

沉默。

送精装！

沉默。

送小龙小马摇头娃娃！

沉默。

好吧。我看懂了，卸货口出不去是吧？你打算拿塑料袋装走小门是吧？别说我没警告你们，敬酒不吃，你们……还在玩 Hello Kitty ？好，大家看！

开发商拿出一把枪，对着大家。众人反应，笑。

男演员 （笑）你那什么？玩具吧！

女演员 好像是德古拉用的道具枪。

开发商 你要不要试试看？被人瞧不起也不是很好的感觉。

开发商“砰”的一枪开到墙上，墙上露出个“苦”字。

女演员 这一枪好苦。

导　演 行了，枪都在他手上，撤吧……

众人被开发商赶出去，往外走。

教　授 走吧走吧，让他一个人开心就好了，反正我们出去马上报警。

开发商 太好了！你们去报吧。我可是守信用的，你们六份我会给你们留好。

舞　监　我们滚吧。

开发商　滚！谁敢报警，你们所有人一毛都没有了，同归于尽！

众人下，留下开发商一人。

开发商一人开始工作，拿出很多大垃圾袋。开发商放音乐。开发商把规格箱里面的钱装在垃圾袋里面。

真来劲。

灯暗三次，变暗的灯从十个到三十个再到五十个。

灯渐亮，墙上的钱几乎已经全部拆完，露出大面积的墙壁，以及原来已经揭露的字。

音乐停，台上有五十个垃圾袋装满了钱。开发商完成了工作，正准备把这些钱运出去。青斑出现在二楼，走向小门。

（对自己）这下差不多了。（看财神）还剩你，但是，墙上怎么还剩？怎么看都看不舒服。不行，还要继续！

开发商越戳越用力，挖下一片钱，背后露出一个大字：咒。

咒谁啊？咒我吗？来吧！谁怕谁？

开发商继续戳墙壁，又一片掉下来，刚好后面是一个“死”字。

死？你让谁死啊?!你来啊。我就不信你能够下一秒让我死！

青斑看着开发商。开发商看到青斑，往楼上开枪，五声。

为什么跟所有电影一样都打不中！你再过来，你再过来，你不要以为我没子弹了啊，因为我真的没有子弹了……我这……啊——胡蝶——

开发商摇晃，重心不稳，摔到棺材里。

沉默。青斑慢慢下。

灯光渐暗。

第九场

灯光渐亮。第二天早上，安静的舞台，开发商还在昨晚倒下的原地。地上仍然有许多装满钞票的垃圾袋。

馆长和教授、男演员、舞监、导演、女演员上。

馆　长　你看，一袋一袋都理好了，肯定是想走前门。被我们守得死死的，看他往哪儿搬？

男演员　守了一个晚上，绝对跑不掉！

女演员　你看，钱都在这儿。

导　演　怎么回事？难道他……装完袋子出去吃油条了？

男演员　不可能，我们守住了，没有人出来。

教　授　越守意志越坚定！

男演员　贪的意志。

导　演　对！

舞监发现开发商躺在棺材里。

舞　监　各位过来看一下。

教　授　（看到开发商）啊？包总？

女演员　他怎么回事？

舞监去检查开发商，众人看到墙上的"咒""死"。

女演员　"咒"……"死"?! 所以他被咒死了?!

舞　监　没死，还有呼吸。撞了头，晕过去了。

女演员　好可怕。

馆　长　（对空气，小声）邪不胜正！

阿姨上，慢慢扫地。

（大声）邪不胜正！

女演员　你跟谁说话？

馆　长　（先对空气，又转对阿姨）就她！

阿　姨　现在我变“邪”了？

馆　长　本来就是！邪！恶！自私！小气！

阿　姨　你看看谁变成什么样子?!寻宝，十五年寻宝，你真以为宝藏会贴在墙壁上？真正的宝藏，那只可能在人的心中……

阿姨突然难过。

唉，原来你没出息待在这儿十五年，一个人的黄金年华，就是为了这么一点儿钱。

馆　长　错！我待在这儿十五年还不明显吗？还不是为了……你。

众愣。

阿　姨　……的钱。

馆　长　不是！我根本不要那个钱，只要我们两个能够……

阿　姨　……怎么？我们两个能够怎么？

馆　长　……是，我们两个是不能怎么，但是这样也就够了。

女演员　啊好感动哦……

停顿。众人看傻眼，教授打馆长耳光。

馆　长　这样也够了。

阿姨摇头，扫地，低头，难过。

阿　姨　我都不知道怎么说了。前门已经打开了，学者们要进来开会了。

教　授　这么早啊？

舞　监　时间你定的！主旨演讲就是你啊。

教　授　啊，主旨演讲……！我……我等这一刻等了多少年？我未来评职称全靠这篇论文！

男演员　你未来个屁！你搞错了！过了今天，“教授”已经死了！

教　授　对！我们全部远走高飞了！

阿姨下。

舞　监　（对手机）喂小陈……你昨晚怎么一回事？啊？你的车被扣了？那现在怎么样……你借了一台？你借了很多台？……太好了，需要很多台。开过来吧，演职人员入口被封了。直接到大门口……什么车……啊？垃圾车？小陈你是天才！那他……

导　演　就让他死在里面吧。

舞　监　就把他推到舞监桌那边。

他们把开发商的棺材抬到旁边，关上。舞监已经在打电话。

主持人　（声音）请各位与会的专家学者尽快就座，我们的会议就要开始了……

灯光渐暗。

第十场

灯光渐亮，大幕前，正常的观众视角。教授正在演讲，发表她的论文。

教　授　（对观众）……各位教授，学者专家们，人类的贪婪并没有因为经过二十三个世纪而有所改变。普劳图斯对人类的刻画是准确的……

导演从大幕中间露出头，叮咛。

导　演　快！

教　授　对，快！正是因为优克利欧手上拥抱的那一坛金一直没有花，才会形成荒谬感。他不但没有花钱，他根本不知道钱要如何花。这正是我们时代的写照。我们的欲望不但是无限的，并且没有指向性。优克利欧认为那一坛金是他的救赎，但终究是他的累赘。

警车警铃声大作。

（大叫）啊!!……

舞监上，笑眯眯对观众。

舞　监　（对观众）没事！没事！后面有点小小的状况。

教　授　没事？什么声音？

舞　监　我们被警车包围了。

教　授　怎么办?!

舞　监　说是有抢劫犯。

教　授　可是我们还没有……

舞　监　不要紧张！不是抓我们，抢劫犯正在抢那个油条铺。

教　授　（松一口气）油条铺也有人抢？违反盗窃伦理！那有什么问题？

舞　监　我们的后门全都被他们堵住了，什么东西都出不去。

教　授　那怎么办？

舞　监　（对观众）哈哈哈哈。你赶快演讲吧，我们等一下走前门。

舞监笑眯眯地对着观众，下。

教　授　是。优克利欧认为那一坛金是他的救赎，但终究是他的累赘……

导　演　（伸出头）不要重复！

警车笛声持续。馆长上，安静地凝视虚空，像是在忏悔。

教　授　普劳图斯式的罗马喜剧与今日好莱坞喜剧或电视情景喜剧是一脉相承的。莫里哀的《吝啬鬼》也是根据普劳图斯。

馆　长　亲爱的，我可以想象你的感受，但还是放我们走吧。世界上哪有什么天长地久，只有曾经拥有！我们曾经拥有，这已经超过许多人了……

舞监上台，拉馆长下，但馆长不听使唤。

舞　监　馆长，请……

馆长下。

教　授（对观众）我演讲时间应该是超过了。接下来，普劳图斯《一坛金》的演出，我们决定改期再演。届时，会有更丰富的演出呈现给大家……

观众开始起哄。

观　众（声音）我们要看！我们要看！《一坛金》！《一坛金》！……

一团乱。

舞　监　好了，各位观众，搞定了。我们继续，《一坛金》！演出！没有任何可以难倒我们！马上就演出！（对教授）是不是？

教　授　请大家准备《一坛金》，我们直接从第五场，直接到高潮！就在大幕前面演！

众愣。灯光渐暗。

第十一场

灯光渐亮，《一坛金》第五场在大幕前演出，警车声持续。
优克利欧万念俱灰地上。

优 抓贼，抓贼！抓谁啊？他是谁？我根本不知道！我自己在哪儿，我要去哪儿，我都不知道！我接下来就要上街乞讨了，世界上没有人比我的命运还要惨了！……

赖康耐狄斯从大幕中间走出来。

赖 这是谁啊？又喊又叫？哭得像个孩童一样。我相信这个人就是优克利欧，天哪，这看起来可不妙，我估摸着他应该已经知道他女儿要生了。这可怎么办？……

优 谁啊？

赖 是一个很不幸的人！

优 我也是，很不幸，整个毁了。

赖 那您起码还有一件事可以安慰。

优 我有什么可以安慰？

赖 因为我干的那桩邪恶的事，那件害您到如此地步的事情，令我痛恨自己。

优 （震惊）啊？

有两人（女演员和舞监）从外进，在台下站着。

赖　我坦白，是我做的。

优　（震惊）你刚刚说什么？

赖　只有真话。

女演员和舞监搬钱袋走出。

优　年轻人，我做了什么你要这样对我？你做这么一件可怕的事情，你要毁了我，你要让我家破人亡……

里面女演员和舞监又搬。

赖　是一种神灵的力量驱使我做了这样的事，引诱我取走了不属于我的东西。

女演员和舞监两人回来。优不可思议。

优　你怎么干得出来？

赖　这事全怪我，我坦白我的罪情。现在我来就是请求您，以一颗宽宏大量的心原谅我的恶劣行为。

女演员和舞监两人又搬出。

优　你怎么可以染指不是你的东西？

赖　我无可辩驳，做了就是做了，我认为这都是神的旨意，不然也没有别的解释。

女演员和舞监两人从外面回来搬。

优　是什么会让你不经过我同意而劫取我的东西！

赖　激情和烈酒。

优　小人！……你们还有多少趟！

舞　监　上了垃圾车没有？

优　如果激情和烈酒也是借口的话，那我们可以光天化日之下抢劫，被抓到了就说是激情和烈酒让我们做的！简直是无法无天！

大幕突然升起，露出他们背后凌乱的舞台。在黑背景幕布前，三间房子的景片散在台上，装钱的小景片也在，装好钱的财神在下舞台，棺材在右舞台。

台上的人在处理财神。

舞　监　什么情况？吊杆怎么会自己走自己的？！（对耳机）关大幕！……

舞监、女演员快速地把本来在侧台的景片推到大致的位置。

景片前面的演员继续演，其他人尽量保持工作状态，但躲起来。

突然之间，开发商的手从棺材里冲出来，开发商突然醒来，在观众面前从棺材中爬起来，像是恍然大悟一样，走到台口大声说话。

开发商　朱庇特请惩罚我！我已经从死亡的梦境中醒来了！一切都是过往云烟！我现在看清楚了！我们过去一切的思维、一切的行为，都是错误！我们错了！我错了！我错大了！现在我要开始为我一切的荒谬行为负责任！首先，我要把这群贼，包含我自己抓起来！我现在报警！（打开手机）我首先举报自己！我错了！……财神爷啊！对不起！你们还要拿刀捅他！我们亵渎了你！

赖　　但是我的良心驱使我来到您的跟前向您请求原谅，原谅我的愚蠢。

开发商扔财神到观众席，众人去拉财神。

舞　监　回来！音乐走，随便放！随便放！

财神已经飞到观众席上方。舞监、女演员抓住绳子，努力把它拉回，教授加入。

优　　（看到财神，即兴）啊呀财神啊！

赖　　那是土地公吧？

优　　是财神！把我一坛金带着，飞走了！

舞监、女演员、教授、馆长控制住财神，拉回到镜框舞台内。舞监、女演员绑财神。

财神在镜框内失控，直接升到舞台上方。

女演员　啊……啊……

教　授　跑了!!

舞监、女演员、教授、馆长看财神上升的方向。

舞　监　小心！上面灯很烫！

教　授　会怎么样?!

舞　监　（对耳机）灯光 Q62 准备。落大幕！……不管行不行！……

巨大爆炸声，灯光闪烁，众人往上看。

大量美金钞票和财神的碎片飘下，散落一地。

众愣。

大幕落下，把两位演罗马喜剧的演员留在幕外面。

演员决定演下去。

优　犯了错跑来向我道歉有什么用？你明明知道你没有权利拿的东西你居然拿了，你就不应该碰。

赖　但我已经碰了，所以我唯一能做的就是请求，能把它完全占为己有。

优　什么 ?! 占为己有 ?! 不经过我同意？

赖　不是不经过您同意，但是我觉得您应该同意才对。

优　什么 ?!

赖　我确信您会同意我的。

优　你浑蛋！别说那么多！赶快还我！

赖　还你什么？

优　还我你偷走的东西。

赖　我确实偷走了您的荣誉，这需要时间来弥补。

优　我不要时间弥补！我要你现在还我！拿出来！

赖　拿出来？拿出什么来？

优　不然上天，我要把你抓到法庭上，起诉你，审判你！小偷！

赖　我偷了您的东西？从哪儿偷的？偷了什么？

优　如果你不知道的话，愿上天怜悯你。

赖　如果您不告诉我我偷了什么。

优　那坛金子！钱！你不就是来还你已经承认你偷走的那坛

金子？

赖 向上天起誓，我根本就没说过我偷了。

优 好！你现在否认？

赖 我当然要否认了，对于您的金子我一无所知。

优 就是你从潘神树林里偷走的那坛，快交出来！快！来吧！（开始改变他的口气）好嘛……你是不是想要我给你一半？

警察的哨音响起，警车的声音逼近。

灯光渐暗。

第十二场

灯光渐亮，又回到后台右舞台视角。后台已经没有袋子了，全部的钱已经搬到前门去了。
大幕外台上仍在演出中，他们说话都是吸了氦气后的声音。女演员候场，边听。

优 （声音）不然我要把你抓到法庭上，起诉你，审判你！小偷！

赖 （声音）小偷？我偷了您的东西？从哪儿偷的？偷了什么？

馆长、开发商坐在地上，手铐在一起，平静的样子。他们说话都是吸了氦气后的声音。

舞　监 （对手机）喂，小陈？……没事！你不要急着说话嘛！你听我说……什么?!你还没到?!……你还没派垃圾车来？……你睡过头了？……我的……我……深呼吸，深呼吸。我没事，你看不出来吗?!我完全没事!!我——没——事——!!

舞监突然抓起旁边的Hello Kitty，猛力挤压。
停顿。导演回，听。女演员上台。

哎！有没有谁可以告诉我，为什么在今天，在这个时间点，会出现十辆垃圾车刚好停在门口？

馆长举手。

说！

馆　长 因为本来今天预订所有剧场里的杂物要送焚化场烧掉。

舞监、教授 焚化厂？哪里？

馆　长 有两个。一个在浦东，一个在松江。

舞　监 那我要追哪一个？

馆　长 （对开发商）他应该追哪一个？

开发商 不知道。我们猜拳。

馆长和开发商猜拳。

馆长、开发商 （齐声）石头剪刀布！石头剪刀布！

舞　监 来！一起！

馆长、开发商、舞监 （齐声）石头剪刀布！石头剪刀布！

舞　监 我赢了！

馆　长 那代表追哪一个？

开发商 不知道。

馆　长 （对开发商）浑蛋，就知道你靠不住！

开发商 谁靠不住？从头到尾都是你无能！

两人又打起来了。

教授在楼下用工具捅一捅墙壁。

教　授 啊——剩下一块就一直看不顺眼！

教授砸墙，挖下一块，不是钱，是一个老文件夹。背后墙壁上是一个“空”字。

啊!!——啊？

舞　监 “空”？

教授看文件夹里的文件。

公文袋？里面是钱吗？

教　授　两百份演出场刊。不要打了。

馆　长　怎么了？

教　授　你不是说你的 CIA 文件是全世界孤本？极机密没有副本？

馆　长　是孤本。

教　授　为什么这儿有两百份 ?!

馆　长　啊？

教　授　是一个演出的场刊。你说的那份 CIA 机密文件，是中间的插页。

舞　监　这些全都是他们的道具！

舞监、导演一起过来看。

馆　长　不可能！我馆长当了十五年，没听过有这样的演出！

舞　监　因为不是现代的演出。是 1949 年的一个剧团，一个叫作“无为剧团”的在 1949 年的演出留下来的场刊。

馆　长　什么？

导演看场刊。

导　演　等一下——是今天演出的。

教　授　啊？

馆　长　谁？谁演出？

导　演　我们。

馆 长 谁?

馆长看文件。

掌声。大幕外，演员的声音，小声。

女演员 谢谢大家，谢谢大家。

灯光渐暗。

第十三场

灯光渐亮。教授站着，导演、男演员、女演员坐在景片前。他们手上都拿着那一份场刊。

教 授 （对观众）这就是历史被冻结的感觉。普劳图斯《一坛金》，又名《隐藏的宝藏》没有结局，原剧本只到这里。一个未完成的故事！一个残缺的、断章取义的演出，这就是今天的我们。

这也是这个剧场存在的最后一天的结局。我们从墙壁中挖出了一份来自1949年正月的《无为剧场刊》。作者是一群年轻的左翼戏剧工作者。在1949年最混乱的日子里，他们组织剧团，似乎发明了今日最新奇的“浸入式”演出形式，但他们似乎也超越了。在这个作品中，他们用剧场的一整片墙，装了一墙壁伪造的美金。这是他们所说的——

女演员 （读）“我们是一群年轻的戏剧工作者，愿意以生命捍卫剧场，但多年来的战乱，让我们感受到戏剧其实是多余的，永远无法和人生本身的戏剧性相比。在这国难当头、国家存亡关键的日子里，通货膨胀使物价狂飙，早上涨到一万元一斤的鸡蛋到晚上可以卖一百万。”

导 演 （读）“钞票，这个政府与百姓之间的信用状，本身只是一张纸。它的价值在于信用，当信用崩溃，它的价值不如昨日拿来包油条的报纸。票面值越大越荒谬，象征我们人生的幻象与妄念。”

男演员 （读）“正在上海通货膨胀最疯狂的时刻，坊间出现大量的美金假钞。我们收集了这些假钞，一车一车的，然后糊在剧场的墙壁，挡住墙上原来漂亮的字，然后我们用水泥把它封起来，再加上一层漆。”

女演员 （读）“我们是这部《无为剧》的编剧与导演，但事实上我们没有编剧本，也没有指导演员。”

导　演 （读）“这是一个没有剧本的戏。它等待发掘这堵墙的人们，自行演之。”

男演员 （读）“所谓‘无为’，是我们无为。有为的人自己去诠释这一切掺杂着梦想的幻灭、荒诞 、妄想，以及人类无奈的处境。”

教　授 （读）“我们是一群相信剧场永远不死的年轻人，相信历史不会留下我们任何的痕迹。我们的名字是——”

导　演 “王正浩……”

男演员 “李振……”

导　演 “陆诚……”

男演员 “林海……”

女演员 “青斑……”

教　授　“1949 年正月。”

舞　监　（声音）灯光 Q103 请准备。灯光 Q103 请……走。

灯光渐暗。

第十四场

灯光渐亮，会议及演出已经散场了，打扫阿姨正在打扫。教授望着虚空。馆长在二楼。舞监抓一把地上的钱。

舞　监　欸！原来这事从头到尾就不可能。

男演员　人就在追一些不可能的梦想。

女演员　好浪漫。

导　演　所有的浪漫都是假的。

教　授　我们是演员，也是观众，也是评论家。

舞　监　我还是舞台监督呢。“空”啊。

舞监猛力压 Hello Kitty 娃娃。

没事。

导演、男演员、女演员正要离开。

女演员　走了。

导　演　曲终人散，我们又失业了。阿姨，不用扫了，剧场就要拆了。啊随便。

阿姨下。本来装满钱的墙壁上字慢慢地越来越多，缓慢地现出原形。

男演员　（看手机）欸我有新活。

女演员　录用了？

男演员　嗯。

导　演　什么戏？

女演员　在迪士尼。

导　演　什么角色？

女演员　高飞。

导　演　（笑）你……?!

女演员　有时候还要代班演米妮。

导演大乐。

男演员　尊严在自己心里！

大墙壁上突然出现了《心经》里的许多完整句子。众人有感觉似的，回头看，字瞬间消失。他们互看，往外走。

男演员、女演员下。

教　授　欸这里在做剧场之前最早好像是个寺庙。欸有一个有趣的项目找我做顾问。

舞　监　那是？

教　授　有人要在拉萨布达拉宫里面演希腊悲剧。

舞　监　听起来是有趣的学术实验。

教　授　不是，是商业演出，给游客。怎么样，加入吧？

舞　监　啊？这……好。

导　演　需要导演吗？

教　授　需要！需要！

三人开心地往外走，慢慢下。大墙壁上突然出现完整的《心经》。

开发商自己以为戴着手铐，喃喃自语。

开发商 警察叔叔，你带我走！警察叔叔，我犯罪了！

开发商跑下。

青斑上。馆长下楼，两人对峙。

馆　长 你赢了，我输了。你让我演了一个十五年的戏。我不想恨你，请你也不要恨我，恨我经受不住考验，经受不住贪婪，恨我终究把金钱放在爱情之上，恨我放弃一个从头就不可能有结果的事。我只是一个平凡的人，不愿再破坏我们曾经拥有的美好。

沉默。青斑向馆长伸出手，馆长往外走。

青斑坚持，馆长回头。

青　斑 （小声地哼唱）“我不管天多么高，

更不管地多么厚，

只要有你伴着我……

我的命便为你而活……”

停顿。馆长接应。

馆　长 （唱）“如果没有你……

日子怎么过？……”

青斑、馆长 （唱）“你快靠近我，

一同建起新生活……”

停顿。二人拉手，缓慢跳起探戈舞步。

完整的《心经》再现于大墙壁上。两人跳舞，成剪影。

灯光渐暗。

剧终

注释

1 镜框舞台：一种舞台形式，观众位于舞台的一侧，而舞台的其余面被物体遮挡，供演职人员做准备工作。（本书注释如无特别说明，均为编者注。）

2 stand by：做好准备。

3 cue：戏剧的提示。

4 铃木训练：铃木忠志所创的演员训练法，强调双脚和地面接触时的感觉。

5 *Sleep No More*：《不眠之夜》，一出浸入式戏剧。

6 猫道：施工人员进行高空作业的临时脚手架。

–《隐藏的宝藏》世界首演 –

2018 年 4 月 26 日，首演于上海上剧场

由上海表坊制作、演出

–编剧、导演–

赖声川

–演出–

顾雪炜 饰 舞台监督 / 丁珊珊 饰 教授 / 杨朕 饰 男演员、拉尔、麦格多拉斯、赖康耐狄斯、厨师 / 刘含 饰 女演员、老女佣、奴隶、菲特里雅、舞女、羊 / 杨智斌 饰 导演、优克利欧、管家 / 杨雨光 饰 开发商 / 凤莉 饰 打扫阿姨、青珽 / 王萌 饰 馆长 / 画外音：李博、窦进

副导演：颜永祺 / 舞台设计：丹尼尔 · 奥斯特林（Daniel Ostling）/ 灯光设计：简立人 / 技术总监：杨金源 / 音乐设计：胡帅 / 服装设计：吕品 / 舞蹈指导：田雷、夏台凤 / 舞台监督：程建雄

赖声川

1954 年出生于美国华盛顿，籍贯江西会昌，生长于美国与台湾，美国加州伯克利大学戏剧博士，前台北艺术大学戏剧学院教授及院长。世界上最著名的华人戏剧家之一，被誉为"现今最顶尖的中文剧作家"(BBC)、"亚洲剧场导演之翘楚"（《亚洲周刊》）。2019 年获得锡比乌国际戏剧节名人步道一颗星的殊荣，成为得此荣耀的第一位华人。其三十余部原创编导戏剧作品对当代华人剧场艺术及文创产业影响甚深。

台湾表演工作坊创始人及艺术总监、上海上剧场艺术总监、乌镇戏剧节常任主席、发起人、评委会主席，创意理论学者（著有《赖声川的创意学》），曾任教于美国斯坦福大学及加州伯克利大学。

赖声川剧作集：第二辑

《曾经如是》

《幺幺洞捌》

《台湾怪谭》

《隐藏的宝藏》

《千禧夜，我们说相声》

《这一夜，Women 说相声》

《那一夜，在旅途中说相声》

赖声川历年作品清单

《我们都是这样长大的》

《摘星》

《过客》

《那一夜，我们说相声》

《变奏巴哈》

《暗恋桃花源》

《田园生活》

《圆环物语》

《西游记》

《回头是彼岸》

《这一夜，谁来说相声？》

《台湾怪谭》

《红色的天空》

《又一夜，他们说相声》

《先生，开个门！》

《我和我和他和他》

《十三角关系》

《菩萨之三十七种修行之李尔王》

《如梦之梦》

《千禧夜，我们说相声》

《新加坡即兴》

《在那遥远的星球，一粒沙》

《乱民全讲》

《这一夜，Women 说相声》

《上海·故事》

《如影随行》

《陪我看电视》

《宝岛一村》

《那一夜，在旅途中说相声》

《梦想家》

《大桥上的对话与独白》

《梦游》

《水中之书》

《蓝马》

《隐藏的宝藏》

《鲸鱼图书馆》

《游园·流芳》

《幺幺洞捌》

《曾经如是》

扫码加入

春潮线上读书会

图书策划　中信出版·春潮

策划编辑　杨爽 刘晴

责任编辑　杨心怡

营销编辑　毛海燕

装帧设计　艾藤 蒋华

出版发行　中信出版集团股份有限公司

服务热线：400-600-8099　网上订购：zxcbs.tmall.com

官方微博：weibo.com/citicpub　官方微信：中信出版集团

官方网站：www.press.citic